PAPA-CADET

—

MONSIEUR ZOLA !

PRIX : **50** CENTIMES

PARIS

AUGUSTE GHIO, LIBRAIRE-ÉDITEUR

1, GALERIE D'ORLÉANS (PALAIS-ROYAL)

—

1879

MONSIEUR ZOLA !

MONSIEUR ZOLA !

PARIS

AUGUSTE GHIO, LIBRAIRE-ÉDITEUR

1, GALERIE D'ORLÉANS (PALAIS-ROYAL)

--

1879

A MADAME J. DELACROIX

CETTE CHANSON

EST RESPECTUEUSEMENT DÉDIÉE

ÉPISTOLE LIMINAIRE

A

MONSIEUR ZOLA

Monsieur,

Vous daignez permettre aux poètes de vous faire un peu de musique pendant que vous travaillez.

Cette tolérance flatteuse est d'un bon cœur.

Aussi je m'empresse de vous témoigner la gratitude de ces pauvres gens par un petit air de flageolet, exécuté à votre seule intention.

L'un de vos lecteurs les plus étonnés,

Papa-Cadet.

MONSIEUR ZOLA !

Air : *Monsieur Bourgeois*, de G. NADAUD

Monsieur Zola n'est pas un homme

Ordinaire, croyez-le bien ;

Si l'on vous dit qu'il mange comme

Tout un chacun, n'en croyez rien :

Il se nourrit de la nature

Et ne veut d'autre nourriture !...

  Monsieur Zola,

Prenez garde, monsieur Zola,

C'est un fichu mets, celui-là !

Pourtant il se porte à merveille,

Dort en juste, marche en héros,

Et, d'une haleine sans pareille

Jetant à terre ses rivaux,

Il fesse leur littérature

Pour leur faire aimer sa nature !...

Monsieur Zola,

Prenez garde, monsieur Zola,

On perd toujours à ce jeu-là !

Monsieur Zola n'est pas un homme

Ordinaire, croyez-le bien ;

Si l'on prétend qu'il écrit comme

Victor Hugo, n'en croyez rien :

Il blâme comme une imposture

De poétiser la nature !...

Monsieur Zola,

Prenez garde, monsieur Zola,

Il est trop vert, ce raisin-là !

Le trivial est son modèle,

Son culte, son code et son but ;

Mais c'est avant tout la crécelle

Qui met les acheteurs en rut.

Il pétrit sa gloire future

Dans le fumier de la nature ! ..

      Monsieur Zola,

Prenez garde, monsieur Zola,

Bien friable est ce... marbre-là ! .

Monsieur Zola n'est pas un homme

Ordinaire, croyez-le bien ;

Si l'on affirme qu'il peint comme

Le grand Balzac, n'en croyez rien :

Pour traduire en laid la nature.

Balzac n'a pas cette facture !...

      Monsieur Zola,

Prenez garde, monsieur Zola,

Ne réveillez pas ce nom-là !

Noble caractère ! il refuse

Les croix qu'on ne lui donne point,

Et de ce fier dédain il use

Pour crier, en montrant le poing :

Le Vrai, c'est moi !... Prenez lecture

De mes leçons sur la nature !...

      Monsieur Zola,

Prenez garde, monsieur Zola,

C'est du Mengin tout pur cela !

Monsieur Zola n'est pas un homme

Ordinaire, croyez-le bien ;

S'il se prétend modeste comme

On ne l'est pas, n'en croyez rien :

L'orgueil sans frein qui le torture

Dépasse tout dans la nature !...

      Monsieur Zola,

Prenez garde, monsieur Zola,

Le vertige est bien près de là !

Que la France et la République
Aillent au diable, nom de nom !
Il est temps que ce doux critique
Attire seul l'attention !
Quand il demande la clôture,
Tout doit se taire en la nature !...
　　Monsieur Zola,
Prenez garde, monsieur Zola,
On n'est pas fat à ce point-là !

Monsieur Zola n'est pas un homme
Ordinaire, croyez-le bien ;
S'il se dit républicain comme
Les plus nombreux, n'en croyez rien :
L'Empire allait à sa nature
Comme un bât fait pour sa monture !...
　　Monsieur Zola,
Prenez garde, monsieur Zola,
Regrettez moins haut ce bât-là !

Mettant à son dada, — qui pèche

Des quatre pieds, — de nouveaux fers,

Il court sus au badaud revêche

Et prophétise comme Thiers :

Il faut que l'État soit nature —

Aliste, ou tombe en dictature !...

     Monsieur Zola,

Prenez garde, monsieur Zola,

Votre désir se trahit là !

Monsieur Zola n'est pas un homme

Ordinaire, croyez-le bien ;

S'il prétend ne pas agir comme

Ambitieux, n'en croyez rien :

Il soigne sa candidature

De député de la nature !...

     Monsieur Zola,

Prenez garde, monsieur Zola,

On rira bien en ce temps-là !

Les efforts constants de sa plume

Veulent nous faire convenir

Qu'en lui tout seul Zola résume

Toutes nos chances d'avenir ;

Ils font danser à sa ceinture

Toutes les clefs de la nature !...

     Monsieur Zola,

Prenez garde, monsieur Zola,

Elles rouilleront toutes là !

A PARIS

DES PRESSES DE D. JOUAUST

Rue Saint-Honoré, 338

CHEZ LE MÊME ÉDITEUR

6760 — Paris, imprimerie Jouaust, rue Saint-Honoré, 338.

* 9 7 8 2 3 2 9 3 4 6 7 2 4 *